LA DESCENTE À LA PLAGE

À mon père.

« Ne trouve pas étrange,
homme du monde, artiste,
Qui que tu sois, de voir
par un portail si triste
S'ouvrir fatalement
ce volume nouveau. »

Théophile Gautier,
La Comédie de la mort

J'ai soif. D'eau. En tendant le bras pour atteindre une bouteille, mes doigts n'en frôlent que des couchées. Je les secoue pour deviner leur contenu, sachant très bien que mon lit est à l'orée d'une forêt de San Pellegrino vides. Bouteilles dans lesquelles je trébuche en voulant me lever vers le minibar. Les *gling* qui s'ensuivent achèvent ce qu'il me restait de sommeil avant d'ouvrir mes yeux plus qu'à moitié. Je fais face à mon auditoire de verre aux fonds tièdes. Il est souvent très varié, parfois encore pétillant, parfois aplati par le temps, parfois plein d'une urine oisive.

Il doit faire un soleil radieux dehors, si l'on en croit les entrebâillures des volets mal fermés zébrant de lumière les mosaïques de la chambre. Ça fait combien de temps déjà ?

Ah oui, longtemps. Mais pas suffisamment. Jamais suffisamment. J'avais un accord avec les femmes de chambre de ne jamais venir me déranger. De toute façon Lina est au courant. Elle tient l'hôtel depuis plus de trente ans, elle a dû en voir des tarés, un de plus un de moins, quelle différence ? *« Non mi di', non domandero*[1] », m'avait-elle dit en me filant la clef, la moue complice mais l'œil inquiet.

C'est la chambre la plus éloignée de tout l'hôtel, presque au sommet de l'île. En temps normal elle la loue à sa famille ou ses amis. Faisant partie de la deuxième catégorie, j'en héritais

1. « Ne me dis pas, je ne demanderai pas. »

pour nourrir le loup solitaire en paix. Il n'y a que des riverains autour de moi, eux savent respecter la vie privée. Contrairement aux touristes zélés, qui adorent tremper leur truffe dans le potage des autres pour se donner un genre culturellement curieux. Et moi le genre qui prétend vouloir savoir ce que je fous là pour me parler de la raison de son voyage à lui, ça me gonfle.

Je ne suis moi-même pas un local, encore moins un insulaire, alors mon point de vue sur les touristes peut paraître hypocrite. Mais j'ai au moins la décence de ne pas faire semblant. Je les connais bien ici. Depuis quinze ans ils me supportent tous les étés, avec mes sales manies. Et c'est exactement pour ça que je reviens tous les ans.

Il y a un truc sur cette île. Je ne saurais pas expliquer exactement ce que c'est. Peut-être que ce sont les gens. Un shaker où l'on mélange les locaux poisseux et les fêtards chics, et le goût reste le même. Peut-être que c'est la cuisine, ou la flore encore sauvage. Quelque chose de très simple que beaucoup aiment compliquer, comme le fameux *Là où va la jet-set pour fuir la jet-set*, qui pourrait laisser penser que ce n'est qu'un énième ersatz méconnu de Saint-Tropez ou de Porto Ercole.

C'est un exercice difficile. C'est un peu une question bête, comme choisir son plat ou son film préféré, mais si on ferme les yeux et qu'on accepte les allégories idiotes, Panarea est une figue de Barbarie en pantalon de lin blanc, qui sent l'espadon grillé et qui marche pieds nus.

Et chaque année, je viens mouiller mes os avec elle.

Mais cette fois c'est différent.

Merde, aucune bouteille pleine et le minibar est vide. Pas même une mignonnette qui traîne pour me donner un genre de poète maudit à huit heures du matin.

Bon, direction la salle de bain, ça m'apprendra à finir mes réserves trop vite. J'enfonce ma tête ensommeillée dans le lavabo en cuivre pour anticiper le flot d'eau moyennement potable du mitigeur que je viens de tourner. Rien. Pas même cette unique goutte comique suspendue au bord du robinet en guise de provocation cartoonesque.

Là, on a un problème. Téléphone. Je vais appeler Lina. Elle m'enverra quelqu'un pour déposer des bouteilles devant ma porte. Mais pas de réponse. J'appelle le standard, même punition. Quelle ironie, j'allais dire que je n'ai que mes yeux pour pleurer. Si seulement, au moins je boirais mes larmes pour étancher ma soif.

Que faire. Attendre la femme de chambre ? Elle ne passera jamais, sur mes consignes. Merde. Je vais être obligé de… sortir. Merde. *Cazzo*. Merde.

Sete

Soif

Le premier truc sympa ici, c'est le sol. Quand je disais que les gens marchent pieds nus, c'est surtout parce que les mosaïques gardent bien la chaleur, sans pour autant cramer nos plantes. Ça fait partie de l'expérience. Et puis je déteste les tongs. C'est donc la première fois depuis... Depuis combien de temps déjà ? C'est la première fois depuis des lustres que mes pieds foulent ces dessins siciliens tièdes.

Je bouge bien mes orteils dessus, ce pas est important. Il marque ma première coupure avec le monde de ma chambre. Celui que je m'étais construit maladroitement, comme une cabane d'enfants faite avec des draps.

Et je viens de l'ouvrir, on m'y a obligé.

Rien n'a vraiment bougé dehors. Je ne sais pas à quoi je m'attendais, peut-être que le monde ait changé en mon absence ? Une étendue de cactus desséchés, de la fumée s'élevant des villas blanches, des navires échoués sur Dattilo, le gros rocher en dent de requin au large ? L'apocalypse.

Un pas après l'autre, je rentre dans mon monde d'après. Et il commence par un « *hey* ! ».

Je tourne légèrement la tête et il est là. Un jeune garçon d'une dizaine d'années, en train de dodeliner sur un rebord de rue. Il mouline avec ses pieds et me regarde fixement.

Exactement ce que je cherchais à éviter, des contacts. Et pour couronner le tout, il fallait que ce soit un gosse. Il a un truc spécial, cela dit. C'est sur son visage. Il a les yeux plissés à cause du soleil, des petites lunettes rondes, un marcel blanc taché et des traces de chocolat au bord des lèvres. L'archétype du sale mioche. C'est certain, il va me poser des questions, ou pire, me suivre. Il va me coller aux basques, c'est écrit sur sa gueule.

Je fais mine de l'ignorer et entame mon périple vers les commerces plus bas. On va commencer par *Da Filippo*, la supérette. Il aura sûrement ce qu'il me faut, c'est à deux pas. Voilà, je lui prendrai un pack de bouteilles, je rentrerai et basta. Mission rapide, ce n'est qu'un mauvais moment à passer.

« C'est fermé », dit le garçon.

Je m'arrête. Je vais devoir lui demander, n'est-ce pas ? Je vais devoir accepter sa présence et lui accorder une existence à côté de moi ? C'est pas vrai...

Je l'ignore de nouveau. J'ai dû mal entendre, impossible.

Je me retourne vaguement en m'éloignant, il ne me suit pas, tout va bien. Ça doit être la déshydratation, ça me rend parano. Je garde mon cap.

Je me fais à peine la réflexion que les rues sont vides. Pas trop de touristes lève-tôt cette année on dirait. Ça attriste l'amoureux du coin que je suis, mais ça arrange beaucoup le sociopathe. On n'entend même pas le moteur électrique des voiturettes de golf d'Angela, seul moyen de locomotion de l'île. Là, mon premier et dernier arrêt se trouve juste à l'angle. Sauf qu'il est fermé. Je reste comme un imbécile devant l'entrée barrée, à chercher Filippo ou l'un de ses sbires du regard. Personne. Pas une âme. Sur la porte, un message manuscrit avec une rature au stylo : « *Torno fra un'orà* ». Il me pose dramatiquement problème pour deux raisons, ce message.

La première c'est la formulation, qui n'indique en rien une heure de retour. *Je reviens dans une heure*, mais est-il parti il y a cinq minutes ou cinquante-cinq ? Vais-je attendre ici à l'aveugle le retour incertain de cette andouille ?

La deuxième c'est qu'il commence à faire chaud pour une matinée. Et les maisons sont basses, donc trouver de l'ombre va devenir compliqué.

Ma bouche se fait pâteuse comme celle d'un labrador. N'ayant en revanche pas la patience légendaire de l'animal, je dois partir trouver de l'eau au plus vite.

Mais j'entends une voix familière derrière moi.

« Je te l'avais dit que c'était fermé. »

Le petit garçon de tout à l'heure est de nouveau ici, dans la même position, comme téléporté.

Je me retourne et décide de lui parler.

« Comment tu as deviné que j'allais ici ?

– L'intuition j'imagine.

– Tu me suis ?

– Non, je me balade.

– Tu te balades drôlement près de moi. Tu ne veux pas aller voir ailleurs ? »

Au même moment, je remarque qu'il tient une petite bouteille d'eau à la main.

« Dis-moi gamin, je te donne cinq euros pour cette bouteille et cinq pour que tu disparaisses de ma vue, ça te va ?

– Je viens de la finir, désolé.

– Tu sais où je peux en trouver ?

– Au bar du *Cincotta* je crois. Ils sont ouverts tôt le matin pour le petit déjeuner.

– Le *Cincotta* hein ? Merci. »

Le *Cincotta*, l'un des vieux hôtels de l'île, tenu par une autre femme forte au prénom similaire, Lina. J'en ai des souvenirs assez flous, très axés autour de leur grande piscine. J'avais arrêté de la fréquenter l'année où il y avait plus de plongeons de gosses que de verres vides à ma table. Tout de suite on imagine le vieux bourru, affalé dans son désespoir ostentatoire. Collectionnant les cadavres exquis des Martini commandés à la chaîne par un simple geste de main. Les olives empalées gracieusement encore intactes, mouillant dans un petit fond pyramidal de vermouth. Le visage tourné vers un soleil de treize heures pour le boire aussi. Ça c'est du *daydrinking* sexy. Du sale propre.

La réalité était différente. Des Bloody Mary trois quarts vodka pas terminés. Des branches ce céleri mordillées. Des rigoles de jus de tomates envahissant les bords de table, stoppés par des barrages de boulettes de serviettes en papier. Une scène de crime.

Dans les deux cas, ce n'est pas une métaphore pour symboliser mon penchant liquoreux. Les verres s'amoncelaient parce que le service était vraiment désastreux.

Je n'ai pas spécialement envie d'y aller. Je missionne donc le garçon vers le trois étoiles. J'attendrai peinard dans ma chambre, au frais.

« Comment tu t'appelles, blondin ?

– Virgilio.

– C'est un peu long, c'est quoi ton surnom ?

– Je n'en ai pas. Les surnoms c'est les amis qui te les donnent, mais je n'en ai pas non plus.

– Ok. Je t'appellerai Virge, à l'américaine, ça te va ? »

Il fait oui de la tête.

« Virge, je te donne dix euros si tu vas me chercher de l'eau là-bas.

– Non.

– Comment ça non ?

– C'est une mauvaise idée de me corrompre.

– Pourquoi ça ?

– C'est mal vu ici, je te le déconseille. »

C'est vrai, tout le monde se connaît ici. Il a l'air du coin, ça doit être le fils de quelqu'un de l'île. Peut-être celui d'Ilaria et Mimmo, des cuisines de l'hôtel ? Mieux vaut ne pas insister.

« Ok. À plus gamin. »

Je descends la ruelle seul. J'aperçois *Da Pina*, fermé lui aussi. C'est un restaurant intéressant, qui confirme encore une fois la règle de cette île, à savoir un matriarcat. Les hommes insulaires sont forts. Trapus, bronzés, le poil blondi sur les épaules et les bras larges comme des troncs, à force de tirer littéralement sur la corde. Celle des bateaux à l'accostage, en l'occurrence. Mais leurs femmes le sont encore plus. Quand ils sont en mer, elles ne récupèrent pas les rênes, car elles les ont déjà.

Pina est l'une des reines antiques de l'île. Comment je le sais ? Avoir son nom de famille sur la plaque d'entrée d'une institution, c'est agréable. Mais ça l'est tout autant pour la cousine éloignée par alliance. Celle qui s'arrose de fierté à grands coups de selfies en géolocalisant le restaurant sur son Instagram. Elle a comme une odeur d'indivision, cette plaque.

En revanche, avoir son prénom arboré en tête de proue de l'endroit, c'est tout de suite plus gratifiant. Pas besoin d'en dire plus, quelque chose doit fonctionner. Pas de chichis.

À ne pas confondre avec l'autre *Da Pina*, qui est un supermarché sur le port. Tenu par, vous l'aurez deviné, une autre homonyme égérie du *woman power* du paradis éolien.

C'est encore un peu plus loin. Quand je remarquais la désertion de la station balnéaire tout à l'heure, je ne pestais pas. Je m'en félicitais. Quelqu'un a dit un jour, plus vous êtes seul à un endroit, plus il vous appartient. Et à chaque nouveau magasin fermé sur mon chemin, je ne peux m'empêcher de me penser seul propriétaire des lieux. Puis je me rappelle l'heure, il est encore tôt, même pour les locaux.

Un carrefour et j'y serai.

Delfino sulla tetta

Dauphin sur le sein

J'ai toujours soif. Je reconnais à peine l'allée couverte de treillis de vignes donnant sur le lobby que des enfants me courent dans les pattes. Ils sont sortis de nulle part et repartent parmi des convives, eux aussi vraisemblablement apparus du néant.

Ils s'amusent à lancer des grains de raisin vers les chats qui roupillent sur les marches tièdes, les faisant fuir vers leurs repaires près des cuisines.

En les observant, je me fais presque renverser par le taxi d'Angela, fonçant avec des clients à l'arrière de la voiturette de golf.

« Ah c'est bon vous avez trouvé. »

Virgilio se dresse devant moi, un sourire aux lèvres.

« C'est une manie chez toi de me prendre par surprise ?

– Je m'embête, il faut bien que je m'occupe.

– Je viens de voir des enfants de ton âge, pourquoi tu ne vas pas jouer avec eux ?

– Ah eux ? Ils ne sont pas fréquentables, je ne préfère pas. De vrais petits démons. »

Nous entrons tous les deux dans l'hôtel. Je n'ai visiblement pas le choix que de le laisser m'accompagner partout, ce mioche à l'élocution d'adulte.

Le mec à lunettes qui roupille à moitié au *desk*, c'est Roberto, le fils unique de Lina. Comme elle aime le dire, il est gentil, dommage qu'il ne soit pas son préféré.

Je m'approche pour lui dire bonjour.

« Robbie, elle est là, Cinzia, aujourd'hui ?

– Ouais, au bar, tu connais le chemin. Ah, attends, c'est pour toi. »

Il me tend un prospectus pour *Zimmari*, la plage. Mon nom est dessus suivi du numéro vingt-trois.

« Pourquoi tu me files ça ?

– Mamma m'avait demandé de te réserver un matelas et un parasol au cas où tu repasses par là.

– Mais enfin, Roberto, pourquoi je ferais ça, tu sais bien que je déteste la plage !

– Prends-le, sinon elle va me faire chier. Tu la connais. »

À contrecœur, je saisis le prospectus. La plage. Pourquoi ? Quand ? Peu importe, je jetterai le papier un peu plus loin quand je serai hors de sa vue.

Le *Cincotta* est mignon. C'est un peu le sanctuaire des vieux éléphants esquintés qui veulent siester en paix. C'est un peu la caution familiale de l'île. Il y a de fortes chances que tous les trentenaires du *Raya* d'aujourd'hui aient été préados ici il y a vingt ans. C'est presque une garantie. La forme de la piscine, les quinze goûts du bar à granité, le frigo à glaces, les clefs de chambre à la taille (et au poids) disproportionnée pour ne pas les perdre. Tout est étudié pour passer un bon séjour avec papa, maman et *nonno.*

Tout est sympathique dans ce tableau. Mais quand on a huit ans et qu'un autre gamin grosso modo du même âge est assis à une table à côté, dans un contexte familial copié-collé, le piège est inévitable.

On passe un bon moment avec son espadon grillé, après s'être battu pour lui enlever la peau. Tout le monde rigole, seulement voilà. Comme si ça faisait soudain partie du deal, on DOIT être présenté au gosse. C'est un accord tacite, pourtant systématiquement terrorisant.

Et c'est bien évidemment encore pire quand le gosse est une gosse.

C'est comme ça que j'avais fait la connaissance de Filippo (rien à voir avec le magasin), un jeune Napolitain dont la mère avait acheté une villa sur le chemin de la plage. Ce qui commença au dîner se prolongea le lendemain, où j'ai alors compris que mes parents avaient réussi à me parquer chez ces gens pour avoir la paix tout l'après-midi. Je les ai maudits.

C'était un modeste morceau immobilier de deux cents mètres carrés, à flanc de côte. Construit dans la roche. Les propriétaires devaient accepter la cruelle absence de piscine, et se contenter d'un accès privé à la mer. Cette année-là, ils avaient un invité, un Américain surnommé Big John, qui cherchait toujours une télécommande.

Mais je m'égare. Un raclement de gorge me tire de mes pensées, j'ai toujours horriblement soif.

Sous un vent chaud que je découvre en passant entre les colonnes de la terrasse, nous arrivons au bar de la piscine. Je dis *nous* car Virgilio ne me lâche pas. Je l'avais prédit, ça s'est avéré, je me résous à accepter sa compagnie. Cinzia, la serveuse, est là, ça va être facile. Je serai de retour dans ma chambre aussi vite que je m'en suis absenté.

« *Oi Cicci*, tu aurais une belle bouteille d'eau bien fraîche pour moi ?

– *Figurati caro*[1], plus rien ici...

– Tu rigoles ? »

Il y a des moments où l'on doute. Où trop de coïncidences s'accumulent, mais pas suffisamment pour lâcher prise. Le curseur est toujours sur *réalité*, et c'est bien ça le problème. Quand je regarde Cinzia, en nage, ébouriffée, luttant contre le zéphyr brûlant, je sais qu'on est dans le vrai. J'ai toujours eu

1. « Tu parles, mon cher. »

des forts penchants pour elle depuis que je la connais. Illaria, sa grande sœur et prédécesseuse, exaltait déjà mes émois prépubères à chaque commande groupée de *granita al limone*.

Mais elle ? La première chose que je pense nécessaire de préciser est qu'elle a reçu un héritage balconique bien plus généreux que son aînée. Adolescent, quand on est marqué par la beauté d'une femme, on ne l'oublie jamais. Une fois adulte, quand cette même femme s'avère posséder un clone à plus forte poitrine du même âge que nous, c'est peu commun de ne pas s'en émouvoir.

Il faut imaginer. D'abord il faut accepter le cliché de la serveuse italienne. Celle que nous avons tous rencontrée en vacances balnéaires. Trop bronzée, le cheveu obsidien et le tatouage *qui-fait-tout-de-suite-pas-très-chic*. D'ordinaire un symbole tribal ou un animal marin.

En règle générale, c'est un format de clichés dit *en trinité*. Pour un Italien standard de la classe moyenne, par exemple, c'est le football, les pâtes et le catholicisme.

Vous voyez l'idée. Rien de dépréciatif, bien au contraire, car la beauté de cette image, c'est que tout le monde l'apprécie. Nous, Italiens, les premiers.

« Et le robinet ?

– Non plus.

– Granité, plus rien non plus ?

– Pas de granité sans eau, *testa di cazzo* ! »

Le jour où j'ai connu Cinzia, la rencontre était déjà accompagnée de rumeurs à son sujet. Quand on connaît tout le secteur tertiaire d'un îlot d'à peine trois kilomètres carrés, on finit vite par être dans les confidences locales. Et parmi un peu moins de trois cents habitants, les ragots circulent comme un virus.

Je n'ai donc pas rencontré Cinzia la serveuse du *Cincotta,* mais Cinzia *qui-se-tape-des-clients-dans-les-chambres.* Pas que l'hôtel soit un lieu de passe, mais il n'était pas rare de voir des clients, dirons-nous, bien entourés, qui n'étaient pas là que pour la vue. Car j'oubliais un détail, mais le nombre ne lui faisait pas peur. C'était bien connu. Les familles prenaient les chambres côté restaurant. Les partouzeurs, celles de l'autre côté de la piscine, plus isolées.

Elle aime baiser, oui et alors. Elle n'a pas l'air de trop souffrir des ouï-dire. Du moins elle n'y paraît pas perméable, tout simplement car elle n'en a pas honte.

Maintenant je devine la question que vous vous posez. La réponse est oui. Et je mets au défi tout homme seul et sans attaches de restreindre cette pulsion. J'en avais envie avant même de la connaître. C'est à cause de sa sœur et du transfert que j'en ai fait instantanément. Pas besoin de consulter pour comprendre.

Le *Cincotta*, son légendaire petit déjeuner, ses chambres vue Tyrrhénienne, le tatouage dauphin sur le sein gauche de Cinzia.

Et son absence de boissons.

C'est avec une vue plongeante sur son décolleté que j'apprends plusieurs choses : le nouveau livreur a renversé toutes les palettes de bouteilles en verre dans la réserve. Et deuzio, les cuves d'eau potable n'ont pas été réapprovisionnées par le *Caronte*, le bateau citerne en retard de trois jours à cause d'un trou dans la soupape.

Merde. Encore une impasse. Je commence à manquer d'air.

« Bon. Virge, où va-t-on maintenant ? »

À ce stade de mon périple, j'ignore pourquoi mais je m'en remets à Virgilio.

Pourtant tout me pousse à faire le contraire. Un petit gosse énigmatique aux allures de mirage, qui dit juste quand je l'ignore, et m'induit en erreur quand je l'écoute.

C'est exactement l'inverse de la personne qu'on arrête dans la rue pour demander son chemin. Mais mirage ou pas, il sait où sont les choses. C'est un sentiment étrange, d'être perdu dans un endroit qu'on connaît, devenu un labyrinthe au mieux très familier.

« Le *Lisca Bianca*. Ils viennent d'ouvrir un spa de luxe, ils auront forcément des réserves de petites bouteilles en plastique pour les clients.

– Tu es sûr de toi ? Tu avais l'air certain pour le *Cincotta*. »

Il ne répond pas et se met à courir devant. À la sortie de l'hôtel, le vent ne s'est pas calmé. Bien au contraire. À ce rythme, je me dessécherai avant la fin de la journée.

Cosimo alle mani d'argento

Cosimo aux mains d'argent

Bien que le *Lisca Bianca* ne collectionne pas les astres sur sa devanture, c'est l'un des règnes de l'errance. L'un de ces royaumes sans chaussures où l'on ne danse pas sur les tables, où l'on ne s'éclipse pas discrètement aux toilettes pour respirer de la force en poudre sur une pointe de clef.

Virgilio a, comme à son habitude, disparu de mon champ de vision. Je l'imagine à l'entrée de notre destination, prêt à me surprendre par-derrière, ce petit démon.

« Tu as fait tomber ça. »

J'avais raison. Il me tend le prospectus que j'avais jeté tout à l'heure.

« Pourquoi tu as ramassé ça ? Je l'avais jeté tu sais.

– Tu veux pas qu'on y aille ?

– Non, dis-je en ricanant.

– Pourquoi pas ? C'est sympa, la plage.

– Je déteste la plage, blondin.

– Pourquoi ? »

La plage. La cuvette des chiottes de l'île. Des îles en général. Du monde entier. La source la plus attractive d'eau non potable, le carrefour de toutes les angoisses. Qu'il soit blanc comme à Porquerolles, ou noir comme à Stromboli, vous qui enfoncez vos pieds dans ce sable, abandonnez tout espoir. Personnellement, je n'ai pas eu ce besoin. Dans cette litière bouillante, de l'espoir, je n'en ai jamais eu.

Nous avançons tous les deux vers le lobby pour y trouver Livia, autre autorité matriarcale de l'hôtellerie insulaire. Le *Lisca Bianca* tient son nom, comme beaucoup d'institutions de l'île, de l'un des rochers au large. Ni le plus gros ni le plus beau, mais un spot prisé des plaisanciers et autres mousseurs.

Parmi les autres cailloux fréquentables de la bande, *Basiluzzo*, le plus large rocher des environs dépourvu d'hôtels et de femmes. Et d'êtres humains tout court. Son sbire, *Spinazzola*, plus chétif, toujours collé à son aîné plus imposant. Puis il y a *Dattilo*, dont la forme divise les locaux. Les hellénistes croyants y voient un doigt pointé vers Dieu, les marins une dent de requin. Qui a raison ? Peu importe. Comme il est statistiquement difficile (et mortellement ennuyeux) de décompter les votes, nous dirons simplement qu'il ressemble à une dent de requin pointant vers Dieu. Et aussi parce que je ne veux me froisser avec personne.

Enfin moins notables, les cancres rocailleux de la clique. *Bottaro* et le très timide *Lisca Nera,* qui peinent à figurer sur les cartes, si ce n'est pour éviter d'abîmer les coques.

Voilà, c'est tout pour le calendrier pornographique des géologues.

« Livia, ma chérie, comment ça va ? Tu as l'air en forme. »

Si mon ton est teinté de flagornerie, c'est que je ne veux pas m'attirer les foudres de sa rivalité avec Lina, et de mon absence de son hôtel cette année. Elle me le fait systématiquement payer très cher. L'effacement instantané de son sourire en me voyant en est la preuve.

« Tiens, revoilà le traître.

– Arrête s'il te plaît, tu sais bien pourquoi, c'est spécial cette année.

– Ah ça pour être spécial, elle t'a gâté hein ? Les petits plats dans les grands paraît-il ?

– Livia.

– Salvatore fait toujours aussi mal sa *tagliata di tonno* ?

– C'est mesquin là, tu sais qu'il est très malade le pauvre.

– Tu sais que tu rates l'ouverture du spa cette année, toi. Cinq salles, une piscine, un sauna. C'est con que tu aies mal choisi cette fois.

– Écoute ça tombe bien, c'est justement pour ça que je suis là.

– Tiens donc, tu te caches comme un rat d'égout en arrivant mais tu réapparais pour ça. Tu es bien culotté dis donc ! De toute façon j'ai une mauvaise nouvelle pour toi.

– Tu vas me dire que c'est réservé aux clients c'est ça ?

– Exactement. »

Livia est une femme facile à cerner. Sa rivalité maladive avec Lina est ce qui lui donne sa force, mais c'est aussi sa plus grande faiblesse. Ses bras croisés et ses sourcils froncés trop fins n'y font rien, je la connais trop bien.

« Très bien, alors j'irai à celui du *Raya*.

– C'est ça, va donc chez les ploucs. »

Je me retourne et mime sérieusement de grands pas vers la sortie.

« Attends ! »

Je rebrousse chemin.

« Eh bien alors, je croyais que c'était réservé aux clients ?

– Cesse de faire l'abruti et suis-moi. »

Elle nous emmène un peu plus haut vers les nouvelles chambres. La partie arrière de l'hôtel était encore en construction l'an dernier, la piscine à peine creusée dans le sol. Je dois dire que je suis impressionné par la rapidité des travaux. Tout mosaïque, transat et matelas à grosses rayures, tables en tek. Le standing est monté depuis la dernière fois. À mesure des frottements fainéants de ses claquettes, je sens la jalousie de Livia remplacée par de la fierté.

« Ça te plaît hein ?

– C'est pas le *Cincotta* mais ça a de la gueule.

– Encore un mot et je te chasse à coups de pieds au derrière. »

Le bruit pénible de ses pieds qui traînent s'arrête, nous sommes arrivés.

« C'est là. »

La fille de l'accueil, que je ne connais pas, s'approche de Livia, à la fois blasée et désemparée.

« Il est toujours là, *signora.*

– Comment ? Tu ne l'as toujours pas chassé ? Ça fait combien de temps ?

– Quatre heures.

– *Porcoddio.* Dario, je t'ai fait cette faveur, fais-m'en une en retour, tu veux ?

– Qu'est-ce qui se passe ?

– Pas grand-chose, un client qui profite à fond de l'offre du spa. Tout est gratuit à l'intérieur, les fruits, les boissons, TOUT. Et monsieur se sert allègrement depuis l'aube pour être tranquille. Il me tue.

– Qu'est-ce que tu veux que je fasse exactement, que je le sorte à grands coups de pieds au cul ?

– Fais ce que tu veux mais sors-le-moi de là, et je t'offre le spa. »

Livia s'éloigne en grognant contre la jeune femme.

« Et dépêche-toi de mettre des petits panneaux à l'intérieur avec les prix pour les suivants », lui dit-elle nerveusement.

Me voilà donc chargé d'une nouvelle mission, que je ne vais bien évidemment pas accomplir. Le pique-assiette, ce n'est pas mon problème, je viens juste chercher de l'eau, moi, pas un massage. Je m'enfonce alors dans les vapeurs, contourne une fontaine et pars en recherche. Mon regard énamouré s'arrête sur des minifrigos aux vitres embuées dans une petite pièce, vers laquelle je m'empresse de marcher. Le gamin avait raison. J'ouvre une première porte. Vide. Évidemment. Une deuxième, pareil.

« Ne cherche pas », dit une voix calme derrière moi.

Je me retourne brusquement, il m'a fait peur. Une silhouette se dessine dans la vapeur d'eau, un homme immergé jusqu'au cou dans une baignoire qui semble être remplie d'une sorte de glaise. Il s'y prélasse, visiblement pas gêné par ma présence.

« C'est toi le pique-assiette ?

– Eh, on se calme, je ne fais rien d'illégal, c'est gratuit, à ce que je sache.

– Ok, je ne te dénoncerai pas à Interpol que si tu me dis où je peux trouver de l'eau ici.

– J'aimerais bien en trouver aussi, mais j'ai tout fini, mon pote.

– Comment ça, il doit forcément t'en rester, tu n'as pas pu tout boire ?!

– C'est qu'il fait chaud ici, ça donne soif ces choses-là.

– Peut-être qu'il y a d'autres frigos que ceux-là ?

– Crois-moi j'ai fouillé partout. C'est la même chose pour leurs fruits, ces gens ont des stocks misérables. »

Je vais craquer. Chaque impasse rend ma soif plus insupportable. Plus surréaliste. Mes lèvres sont sur le point de craqueler et ma gorge me gratte affreusement.

« Au bar ? Ils en ont forcément, non ?

– Aucune chance l'ami, je suis passé par là aussi. Bon, quand est-ce que tu vas me reconnaître mon vieux ? »

Le pique-assiette. En le scrutant de plus près, je cherche des traits familiers. Puis soudain, sous le gras de son visage, c'est lui. Cosimo, un vieux de la vieille des vadrouilles estivales. On l'appelait Cosimo *mani d'argento*, les mains d'argent, car il portait toujours un gant à huîtres sur le bateau. Le moins qu'on puisse dire, c'est qu'il avait un penchant pour les oursins. Il pêchait à la main grâce à ce gant de maille de fer pour éviter les vilaines piqûres. La légende veut même que ce soit à cause de lui et de sa récolte intensive des délicieux hérissons de mer que la réserve marine de *Cala Junco* est maintenant fermée au public.

Le bougre en ramassait une quinzaine par voyage et les dévorait comme des œufs à la coque. Pour lui, c'était comme ouvrir la douceur d'une femme sous sa carapace de rudesse. Ce n'était pas un poète.

Aujourd'hui, en voyant son goitre tremper dans la boue, je repense à tous ces ramequins de *stracciatella* nettoyés au pain, ces *arancini* gobés, ces pizzas doublées et autres plaisirs peu coupables dont il était le fervent gardien. C'est donc ce seigneur abdiqué aux doigts salés, devenu simple chapardeur égoïste, qui m'éloigne une énième fois de mon but vital. Salopard. Gros salopard.

Je décide de le snober et de ressortir. Sans me retourner, dans la plus grande impolitesse qui soit, j'abandonne le porc à sa fange et ma mission, que j'avais déjà oubliée.

Une fois dehors, j'attends l'apparition de Virgilio de pied ferme pour la suite du voyage.

Et, réglé comme une partition, il est bien présent. Il papote avec la fille de l'accueil, accroupie près de lui. Je leur coupe la parole.

« Tu le savais n'est-ce pas ?

– Qu'il n'y aurait pas d'eau ici non plus ?

– Oui.

– Non.

– Ne me mens pas, tu as une tête à te payer la mienne. Tu veux me faire tourner en bourrique c'est ça ?

– Tu n'as juste pas de chance, on dirait. »

La fille a l'air subjuguée par Virgilio.

« Il est vraiment trop mignon, c'est votre fils ?

– Surtout pas !

– Et je suis désolé pour vous. C'est horrible ce qui vous est arrivé.

– Quoi ? De quoi vous parlez ? »

À peine a-t-elle fini sa phrase que Virgilio lui donne une petite tape sur la cuisse, comme pour la faire stopper net.

« Pardon je ne sais pas de quoi je parle. Et du coup, ça s'est passé comment là-dedans ?

– Ah ça, rien à faire, j'ai tout essayé. »

Je dévisage Virge, lui faisant comprendre ce que je veux de lui.

« Il y a toujours le magasin de Pina, mais c'est sur le port...

– Au point où on en est… »

Nous voilà encore en vadrouille vers le lobby.

Sette bello

« Qu'est-ce qu'elle voulait dire par "ce qui m'est arrivé" tout à l'heure ?

– Rien d'important, sûrement ta recherche d'eau. Tu as plus urgent sur les mains pour le moment. »

Je suis insatisfait de sa réponse, mais il a raison. Je suis déshydraté, il me faut de l'eau et vite. Plus tard pour l'interrogatoire.

Le soleil n'a plus rien d'agréable, maintenant ce n'est qu'une grosse boule de feu. Il est d'ailleurs beaucoup plus imposant, comme une météorite qui vient lentement s'écraser sur Terre.

Je marche désormais d'un pas plus pressé, frustré des impasses arides de ce labyrinthe grandeur nature. Et j'aurais conservé ce rythme si je n'avais pas croisé une crinière argentée familière à l'autre bout de la terrasse.

Ma gorge me démange, mais pas autant que ma curiosité. Ce cuir chevelu un peu gras, peigné en arrière. Ce dos lourd arqué sous un polo marine au col délavé par la sueur. Cette volute de fumée qui semble sortir de son crâne. C'est Guido. Il était déjà là lors de mon premier séjour ici, campant sur un fauteuil en toile parfois isolé, parfois au milieu des autres. Il est l'un de ces grizzlis blancs insulaires dont je parlais tout à l'heure, tassé en face d'un homme plus chétif. Je m'approche de sa table pour le saluer.

« Tu es encore vivant vieil ours blanc ?

– Ah, salut petit ! Longtemps qu'on ne t'a pas vu dans les parages.

– Je suis discret cette année. Toujours les mêmes cigares dégueulasses au bout des lèvres, je vois. »

Difficile d'imaginer le bonhomme jeune. Je soupçonne qu'il ait pris cette apparence à l'enfance et qu'elle n'ait jamais été perturbée depuis, tant son vieillissement est figé. Guido est immortel. Mais pas comme Dorian Gray. Plutôt l'un de ceux qui ont signé leur pacte un peu trop tard, à un âge avancé. Et qui n'ont pas lu correctement la clause de non-rétroactivité avant d'apposer leur pouce ensanglanté sur le bout de parchemin. Le voilà donc condamné à crapahuter fébrilement dans un monde qu'il avait peur de quitter, par frousse de rater quelque chose, dans son corps rouillé et bossu.

Derrière ses grosses Aviator et ses tempes perlées de gouttes, il pense à la carte qu'il va jouer en mâchouillant son cigare éteint. Je l'ai interrompu en pleine partie de *scopa*. Demandez à n'importe quel Napolitain ce qu'il fait pour tuer le temps, il vous dira toujours la même chose, une petite partie de *scopa*.

À la différence près qu'au milieu de la table, je vois des liasses de billets chiffonnés.

Tout immortel qu'il est, il n'a pas changé. Son obsession dans le jeu est toujours de récupérer tous les ors, la famille de cartes qui rapporte le plus de points et qui contient le sacrosaint *sette bello*, le sept d'or. Il vaut un point à lui tout seul.

Guido n'est pas très bon à ce jeu. Il est bien trop aveuglé par cette carte qui, bien qu'avantageuse, n'offre en rien la victoire. Et s'il s'en mord les doigts à chaque défaite, ce qui le rend particulièrement fou de rage, c'est de l'avoir entre les mains mais d'être contraint de la relâcher.

Alors là, ses yeux s'éteignent, il devient livide. Il prie pour que l'autre ne lui vole pas son précieux au tour suivant. Plus de respiration, plus un bruit, juste un espoir. Et ce qui devait arriver arrive, son adversaire sourit, lève un roi et balaye le trésor sous ses yeux injectés de sang. Non content de lui dérober son sésame, il emporte avec lui un trois d'or et marque ainsi un autre point.

Guido enlève ses lunettes, pendant que l'autre amasse le butin en jeu.

« Trente-six fois. Ça fait trente-six fois qu'il me passe sous le nez depuis ce matin. »

Il regarde dans le vide.

« Je l'avais. Je l'avais dans les mains, mais je le perds à chaque fois. Quelle malédiction.

– Tu devrais arrêter, tu vas te ruiner si ça continue.

– NON ! Ça va venir. Je le sens. Encore ! »

Il s'empare du paquet nerveusement et mélange les cartes de nouveau. Puis il fouille sa poche et pose des billets neufs devant lui.

Pauvre Guido. Il est désormais le fantôme de cette vieille garde qui occupe les casinos avec son sac de pièces. Celle qui joue religieusement les mêmes numéros du loto chaque semaine. Qui mise tout sur une couleur à la roulette et qui perd systématiquement sa mise, mais jamais espoir.

Son attention est sur sa prochaine main, il ne me regarde déjà plus. Son existence se résume à gagner ne serait-ce qu'une manche. Je ne suis rien de plus qu'une distraction pour lui.

Inutile de rester, je rejoins Virgilio, qui m'attendait sagement devant l'escalier.

Il regarde au large.

« Tiens, il se réveille. »

En suivant son regard, je remarque que le Stromboli est entré en éruption. Rien d'alarmant pour le volcan oisif, qui crache quelques jets de lave de temps à autre. L'épaisse fumée commence à se répandre au-dessus de lui.

« On se rapproche, dit-il, il faut qu'on se dépêche.

– Pour aller au magasin ? Pourquoi, il ferme bientôt ?

– Il faut qu'on soit à la plage à temps, sinon il y aura trop de monde.

– Je t'ai déjà dit que nous n'irons pas, n'insiste pas blondin. »

En bas de l'escalier, je croise de nouveau Angela, pilotant son taxi à toute vitesse vers le centre. J'ai à peine le temps de lui faire un signe qu'elle est déjà loin. Elle a beaucoup de clients pour une matinée tranquille, elle fait des allers et retours sans cesse.

Enfin sur le port.

Arrabbiata

Énervée

Chaud. Inlassablement chaud. Je me sens sec et gonflé, battu à terre par les rayons caniculaires qui lèchent les désormais rares gouttes de sueur sur mon front fiévreux. D'abord, la soudaine dense cohue portuaire, les va-et-vient des commerces. Puis l'humidité et le bourdonnement de la foule. Ils aggravent d'autant plus l'aspect irréel de ma situation.

C'est comme si la vie venait de naître d'une rue à l'autre. On passe une porte invisible qui nous téléporte vers un monde suivant, différent. Un monde de lamentations constantes et de râles.

Détester l'attroupement dont on fait partie, n'est-ce pas donc notre hypocrisie à tous ? Devant chez Pina, c'est bondé. La queue fait presque le tour du pâté. Nous nous y faufilons avec Virgilio, ajoutant notre impatience à celle de ce long serpent humain aux sourcils froncés. « Poussez-vous », « J'étais là avant, connasse. » On les reconnaît facilement, les colériques. La veine frontale gonflée, les mastoïdiens bombés, des paquebots au volume maximum et à la dentition médiocre.

Je n'en vois pas le bout. De loin, Pina, ou plutôt sa longue natte blanche qui tangue de gauche à droite. Elle engueule les clients les uns après les autres. Parfois je me demande où elle va chercher son énergie. Ses colères sont si systématiques que nous avons tous développé une part de masochisme à retourner fidèlement à son magasin. À défaut de nous terroriser, elle nous offre une belle distraction d'épicerie de nuit, mais en pleine journée. Masque, tuba et pistolets à crème à côté des bonbons et des cigarettes. Rien ne fait sens, mais tout va bien ensemble. Il est émouvant, son magasin. Plein de contradictions et d'incertitudes. Plein d'eau aussi je l'espère, même si le sort me donnera encore tort.

À chaque pas, j'aperçois le frigo illuminé de plus en plus nettement. Des néons glauques, très blancs, éclairant le dos de quelques canettes. La porte s'ouvre puis se referme. Je tente de les compter pour être sûr de mon coup.

Je me tends. Le décompte décroît. Mes chances d'en avoir une s'amenuisent de seconde en seconde. Les patiences se tarissent, les mains se resserrent, ça ne va pas tarder à péter ici et maintenant. D'abord, on pousse quelqu'un. Puis on sait comment ces choses-là évoluent. La violence escalade, comme un battement d'ailes de papillon, pour en arriver aux gifles. Puis les doigts se referment dans les paumes, les gifles deviennent des coups de poings. Les mâchoires, les crânes, les côtes, tous les os en prennent pour leur grade.

Un rouleau humain se forme et tout le monde est invité. Même les femmes et les enfants.

Le magasin est sens dessus dessous. Pina est ensevelie, on n'entend plus que ses cris d'autorité perdue au milieu d'une mêlée. Je me glisse dans le chaos, espérant en tirer quelque chose. Mais tout ce que je réussis à tirer, ce sont des cheveux. Ceux d'un homme faisant barrage, ceux d'une femme tombée devant moi. Je tente de ramasser une bouteille, mais je n'hérite que de coups. Puis, ce qui devait arriver arrive. Une canette éventrée se loge dans une gorge. Tout le monde est arrosé, la jugulaire n'épargne personne.

D'abord l'hémoglobine. Ensuite, la pluie.

Au début, ce n'était que quelques gouttes. Maintenant, le déluge. Le soleil éclaire toujours le ciel, mais un nuage unique s'est positionné au-dessus de nous, nous arrosant copieusement. Enfin. Enfin de l'eau. Virgilio me voit m'arrêter.

« Je sais ce que tu penses. Laisse-moi juste te dire que tu as tort.

– Fous-moi la paix, je suis desséché.

– Ce n'est pas une bonne idée. »

Je ne l'écoute pas. Comme un enfant, j'ouvre la bouche, je tire la langue vers le ciel. C'est à ce moment-là que je l'ai senti. Un goût âpre, amer et acide. Je ne pensais pas un jour goûter une chose pareille. On dirait de la sciure de bois mélangée à de la bile. Je recrache immédiatement, manquant de m'étouffer avec la substance.

« Je te l'avais bien dit.

– Qu'est-ce que c'est ?

– De la pluie. Rien de plus.

– Pourquoi est-ce qu'elle a ce goût ?

– Les pluies acides, c'est assez fréquent de nos jours, tu sais. »

Mon état vient d'empirer, ma soif de redoubler. Mon palais ne se contente plus d'être sec, désormais, voilà qu'il brûle. Comme si je venais de croquer dans un gâteau sec au piment.

« Ne t'en fais pas, il y aura ce que tu cherches à la plage.

– De l'eau ?

– Techniquement ce ne serait pas une plage s'il n'y avait pas d'eau. »

Je m'arrête net. Le mystère autour de Virge commence à me fatiguer. Il épaissit à chaque pas, et je commets l'erreur de ne lui poser aucune question depuis ce matin. Ma raison est certes floutée par ma soif, mais maintenant ça suffit.

Il me regarde comme la première fois, avec ses grands yeux de merlan frit.

« Quelque chose ne va pas ?

– À toi de me le dire, Virge. »

Il reste impassible. Il va s'asseoir sur l'une des bittes d'amarrage sur le côté, en tailleur, s'éloignant du bazar du magasin.

« Rien ne se passe normalement. Tout est trop gros, trop évident, le hasard fait trop bien les choses. Je passe une journée de merde. Tu apparais de nulle part, tu sais les choses avant qu'elles n'arrivent, en plus tu ne parles même pas comme un vrai enfant. Et puis ton obsession de la plage, là, d'où ça sort ? Je suis fatigué de ne pas comprendre. Donc je n'irai pas plus loin si je n'ai pas de réponses.

– C'est quoi ta question ?

– Qu'est-ce qui se passe sur cette foutue île ?

– Rien, c'est juste pas ton jour.

– Ça veut dire quoi ça ?

– Écoute, moi je suis juste là pour t'accompagner, c'est tout.

– À la plage, c'est ça ? »

Je me relève, mouillé.

« Tu sais quoi, blondin ? Puisque tu ne veux pas répondre, je m'en vais. Je vais trouver ce que je cherche tout seul, je n'ai pas besoin de ton aide. Et tu n'as pas intérêt à me suivre, j'ai vu des enfants se faire cogner là-dedans, je pourrais être inspiré. »

Il ne dit rien et marche le long du port jusqu'à ce que je ne l'aperçoive plus.

Bon débarras. Ma prochaine étape est la plus logique car la plus proche, le *Raya*.

La coda del diavolo

La queue du diable

Au *Raya*, tout est différent. Du prix des chambres à la taille des coupelles apéritives. Même les fruits semblent prétentieux, des figues confites et des tranches de poires en lieu et place des sempiternelles tranches de citrons viennent orner les verres à cocktail. La promesse est assez simple en réalité, une terrasse pour les surplomber toutes, un *sound system* pour les étouffer tous. C'est Lucrezia, la serveuse, qui m'avait vendu la mèche sur la technique un soir où elle avait encore avalé un comprimé rose très chimique. Les gens vont instinctivement là où le volume est plus fort.

Pour des raisons évidentes, personne ne veut subir les playlists du bar d'à côté, et tout le monde a cet attrait pour les pertes progressives de tympans, du moment que la musique est plus cool qu'ailleurs. Avec des DJ résidents et techniquement la seule boîte de l'île, le *Raya* impose son monopole de vie nocturne.

C'est une très grosse lampe à noctambules contre laquelle viennent se cogner tous les puristes. Une lampe en ce moment désertée.

D'ailleurs, on dirait qu'il fait presque nuit. Du haut de la terrasse, elle est là, Lulu. Elle se trémousse comme d'ordinaire, accoudée à son bar pour se protéger de la pluie. Il n'y a pas grand monde. Elle regarde la ruelle en bas.

« C'est étrangement vide pour un quartier général de la jet-set ! »

Lucrezia n'est ni très grande, ni très jolie, ni très distinguée. Pourtant de toutes les filles de l'île, c'est elle qui fait le plus Italienne. C'est aussi celle qui veut ressembler à tout sauf à une Italienne. Elle porte un ensemble en soie très asiatique, une baguette plantée dans son chignon de cheveux gras et une quantité grossière d'eyeliner noir. C'est un peu la gothique assumée qui ne porte que des couleurs sombres.

Elle est pleine de paradoxes. Serveuse dans un bar de luxe mais anticapitaliste notoire. Déteste les bourges mais adore leurs pourboires. Loin de chez elle, elle n'est pourtant pas perdue. Personne ne l'est ici. On ne s'y échoue pas par hasard. C'est l'attrait complexe de cette île qui en fait le charme.

« Tu regardes quoi comme ça ?

– Les aristos milanais qui font la queue sous la flotte pour le concert.

– Le concert de qui ?

– Mud Zuntsuneu.

– Connais pas.

– Mais si tu sais, la punk roumaine, là.

– Ça me dit rien.

– Ils ne sont pas nombreux cette année, à croire qu'ils préfèrent aller à l'église. Je ne comprends plus cette génération… »

Elle me regarde comme si elle venait de dire une bêtise. En levant les yeux, je comprends que ce n'est pas la nuit qui assombrit le ciel. Le nuage du Stromboli avait largement gagné du terrain céleste depuis tout à l'heure, couvrant désormais une bonne partie du port.

« Ça ne m'étonne pas de te voir ici, mais je suis quand même surprise. Qu'est-ce qui t'amène ? T'as pas l'air dans ton assiette.

– Tu vas rire, mais je cherche de l'eau. Ou un soda. Ou quoi que ce soit qui se boive. Longue journée.

– Je vais voir ce que j'ai, je reviens. »

Je n'avais jamais vu le *Raya* comme ça. Un plateau blanc, mouillé de flaques acides, dans le noir en pleine journée. La techno ambiante ajoute largement à la thématique du rêve fiévreux que je me suspecte encore de vivre en ce moment.

Je regarde en bas à côté de moi, comme si je cherchais Virgilio. J'ai peut-être été un peu dur avec lui. Il a été le réceptacle de mes frustrations, mais ce n'est qu'un enfant. Un enfant bizarre qui refuse de répondre clairement à mes questions. Je ne suis toujours pas sûr de ce qui se trame, de ce que l'univers attend de moi sous ce ciel orange et lourd.

Assis sous la paillote du bar, seul dans cette immensité vide, sans aucune conception du temps, de l'heure, du jour. Je sais juste qu'il fait très chaud et que je subis mon existence depuis mon réveil. Pour quelle raison ? Je hausse les épaules pour me répondre à moi-même.

Lucrezia revient. Je l'entends d'avance me donner cette excuse interminable comme les autres depuis ce matin. Pas d'eau potable. Pas de stock. La dernière vient d'être vendue. J'anticipe ma nouvelle impasse non hydratée, la tête dans le creux de mes mains. Les siennes, en revanche, ne sont pas revenues vides. J'entends un *bing* sur le comptoir. Je lève les yeux, un verre plein y est posé.

C'est un liquide transparent, non mousseux.

Si j'en avais encore le souvenir, je dirais qu'il ressemble de près ou de loin à de l'eau. Mais cela fait une éternité que je n'en ai pas bu. Je suis intrigué.

Ça y est ? La fin de ma souffrance ? Dans ce récipient si sobre ? Quelle chute bâclée, si c'en est une. Mes synapses me bombardent de commandes. Dois-je le boire d'une traite ? Cul sec ? Ou alors par petites gorgées pour savourer ? Les yeux ouverts ou fermés pendant la dégustation ? À une main ou deux mains ?

Je le renifle. Pas d'odeur.

Dois-je attendre Virgilio ? Non. Je l'invoquerai plus tard.

« C'est de l'eau, idiot, pourquoi tu fais tout ce cinoche ?

– J'ai passé une sale, sale journée Lulu.

– Eh bien bois alors. Écoute, je ne sais pas ce que tu as fait, je ne sais pas si tu mérites d'être ici, mais tu mérites au moins de savoir. »

Je ne cherche pas à comprendre ce qu'elle veut dire. Je repense à Virge.

« À la tienne, sale mioche. »

Je verse le contenu dans ma gorge d'un seul geste.

Je sens le liquide réparer toutes mes parois progressivement, les regonfler.

Le ciel s'assombrit davantage. Je note des gouttelettes noires sur mon avant-bras. Une petite, puis une autre et encore une autre. Ça y est, les cendres du Stromboli ont finalement atteint le nuage de pluie. Je sors de la paillote pour les sentir. Je suis rapidement trempé et coloré. J'embrasse finalement la chaleur intense, comme si elle était devenue agréable. Lucrezia me regarde, consciente de m'avoir libéré de quelque chose. Il fait presque nuit noire, mais tout me paraît plus clair, plus léger. Les moments passés aujourd'hui me semblent maintenant empreints de sens.

Soudain, il m'est impossible d'être cynique à propos de quoi que ce soit. Je parviens à oublier mes frustrations passées, mes préconceptions. Ma propre nature, mon âpreté, mes soupçons et mes doutes. Tous disparus, au moins pour un moment. Je comprends enfin mes dernières rencontres. Mes souvenirs grossis de chaque personnage m'ayant marqué ici. La reconstitution est presque parfaite, je dois dire.

Alors j'avance dans la queue avec Lulu. Au milieu des autres.

« Ne le dis pas au petit blond, ok ?

– Quoi ?

– Que j'ai bu.

– Motus et bouche cousue. »

Cet élan de liberté me transcende. Ici, maintenant, c'est la fête. La musique est de plus en plus forte à mesure que nous avançons, pour enfin passer les grilles et accéder au cœur. J'exulte pendant que Lulu sort un comprimé verdâtre et le gobe. Je la connais elle, je les connais donc bien, ces bonbons-là. Dans dix minutes, elle enlèvera son t-shirt *Fuck Church*. Dans vingt, elle posera ses mains sur le mur et secouera sa tête dans tous les sens. Dans trente, elle brûlera de chaleur et elle sera nue. Nous le serons tous. Finies les marches interminables de ma quête sans fin. Place aux libations. Place à l'oubli. Place au néant.

Sous cette averse noire, rien n'est logique. Les jolies sont laides, les laides sont jolies. Les langues sont pendues et les mâchoires sont serrées. Les membres se disloquent et se remettent, les corps se tordent et se redressent. Les pieds dessinent des formes dans les torrents sombres du sol mouillé. Nous sommes d'un coup tous les mêmes, des cheveux d'encre et une peau de pétrole. Des silhouettes bleues comme l'abysse, dansant au rythme de la trance. Nous sommes tous frères, sœurs, amants, mais dans la pénombre, rien n'est important.

La queue pour les toilettes n'a jamais été aussi appréciable, tant la pluie battait fort et faisait mal aux corps. La bacchanale battait son plein jusqu'à ce que la tête de Virgilio apparaisse dans la foule en liesse à côté de moi.

À ce moment-là, l'air coupable, je sais que la fête est finie. Comme un parent qui vient chercher son enfant par la peau des fesses après qu'il a fait le mur, Virge s'approche.

« « Tu es sûr que tu ne veux pas aller à la plage ?

– Ok. Je te suis. »

Cela doit être la première fois que je coopère si calmement et rapidement à son leitmotiv. J'imagine sa surprise.

Nous avançons tous les deux vers la sortie et entamons notre marche vers Zimmari. Lui, soulagé de ne plus devoir m'en convaincre. Moi, curieux de comprendre ce qui m'attend là-bas. Prêt à faire face à l'impossible.

La strada della spiaggia

La descente à la plage

Ça faisait longtemps que je n'avais plus repris le chemin de la plage.

Le nuage de pluie nous quitta aussitôt que nous avançâmes, comme par miracle. La boule de feu était de retour, tout comme le ciel dégagé qui la sertissait depuis ce matin.

Plus qu'un signe, j'y voyais une boussole de bonne conduite. Plus j'acceptais mon sort, plus ma balade était agréable. Si l'on oublie cette chaleur accablante qui ne m'avait pas manqué pour un sou, la descente à la plage en serait presque paisible.

Mon maillot de bain est encore humide. Son filet intérieur m'irrite les cuisses comme du papier de verre. Un supplice supplémentaire qui ne m'atteint pas tant je me suis épris de ma nouvelle fatalité. Car si j'entame ce périple après tant d'heures passées à l'éviter, c'est avant tout par fatigue et lâcheté. Dans ce verre d'eau que je venais de consommer, il y avait de la joie mais aussi de l'abandon. Et son goût n'était pas amer, bien au contraire. Qu'il était doux ce parfum de relâchement. Mon cerveau avait fondu et mon cœur chauffé. La soif ne m'accablait plus. J'ignore toujours ce qui m'attend au bout du chemin si détestable. Détestablement beau. Elle a des airs de couloir de la mort, cette route. À la place des grillages froids et des barbelés, des murets blancs bardés de cactus raquettes. Certains ont même des figues de Barbarie.

Mes pas empruntent une voie scriptée. Impossible de dévier ne serait-ce que de quelques mètres pour admirer la mer de plus près, caresser un bougainvillier ou visiter une demeure adjacente. Virge et moi nous calons sur le bord de temps à autre en entendant le moteur électrique du buggy d'Angela pour ne pas nous faire écraser.

Elle nous propose même de monter à l'arrière et de nous donner un lift, que je refuse catégoriquement.

Pourquoi est-ce que je me presserais pour arriver à destination ?

Devant moi, Virge essaie de s'adapter à ma marche, et me lance des regards réguliers. Il n'a pas peur que je file en douce, il ne sait juste pas si j'ai compris où il m'emmenait.

Et en réalité, je ne sais pas ce que je dois savoir. Cette journée est bien réelle, elle est tangible. Elle me fait mal. Pourtant rien n'est clair.

Nos regards se croisent par moments, il ne montre aucune émotion, ce garçon. Peut-être que ce n'est pas ce qu'il est, d'ailleurs. Une forme humaine attendrissante, rien de plus. Créée pour tromper les vigilances. Un mécanisme de défense naturel. Un émissaire de la mort qui conduit les âmes perdues vers leur destination.

Ce serait le profil idéal, si je ne détestais pas les mioches.

Et s'il y a une chose que je déteste encore plus que les enfants, ce sont les plages.

L’anno delle meduse

L’année des méduses

Ma première légère brûlure plantaire sur le sable est à peu près l'idée la plus agréable que je me fais de cette large bande de terre minérale meuble.

Nous venons d'arriver avec Virge, qui m'indique une zone un peu plus loin, près des cactus. C'est là que nous allons.

Après un premier pas terriblement mou, un deuxième, qui m'enfonce davantage dans la terre. Chaque centimètre perdu dans cette infinité de grains chauds me rend plus fébrile. Virge fait quelques pas vers moi.

« On prendra le temps qu'il faudra.

– Avant d'avancer, dis-moi ce qu'on fait ici.

– Cette plage, c'est ici que tout a commencé. C'est donc ici que ça doit se terminer.

– Alors ça y est, tu vas me dire où je suis maintenant ?

– Tu ne te souviens pas ? »

Virge s'approche et prend ma main. Je ferme les yeux.

L'instant suivant, je suis toujours ici, mais la plage est bondée. Virge a disparu.

« Virgilio ? »

Je scanne la plage pour le retrouver, en vain. À tâtons, je marche vite et gauchement entre les parasols, retourne les enfants habillés comme lui, fais peur aux parents, détruis des châteaux de sable. Et puis au moment où je pensais le trouver lui, c'est sur moi que je suis tombé. Allongé sur ma vieille serviette.

Quelqu'un d'autre court vers l'autre moi, une femme.

« Tu as vu Arnaldo ? lui demande-t-elle inquiète.

– Il fait sûrement un tour de crique à la nage, ne t'inquiète pas.

– Depuis trois heures, quand même, c'est inquiétant. »

Merde. Nous y revoilà. Arnaldo, ça me dit quelque chose.

« Tu ne veux pas aller voir ce qui se passe avec moi ?

– Il sait ce qu'il fait, il est grand, arrête de te faire du mauvais sang. »

La femme part à sa recherche en criant son nom, pendant que l'autre moi reste allongé sans rien faire. Ce flash-back ne sent pas bon.

Je ferme les yeux de nouveau. Nous sommes beaucoup plus tard, la plage s'est vidée, la police est arrivée. La femme parle avec un autre mec un peu plus loin, elle lui décrit le Arnaldo en question.

Les *carabinieri* ne viennent même pas me poser de questions. Le moi plus jeune reste en retrait, assis sur un rebord, sa serviette sur les épaules. Il est dépité.

Un vieillard s'approche de lui.

« C'est l'année des méduses. Dans la mythologie, ça veut dire qu'il y a eu trop de morts sur terre l'année d'avant. Je suis désolé pour vous. »

Ça me revient. Arnaldo, les méduses. Je me rappelle les mots du policier. *On n'a pas trouvé de corps.* Il s'était probablement fait piquer en pleine mer et le choc l'a tétanisé. Il a coulé et s'est noyé. Le courant avait dû l'emporter, ou alors d'autres prédateurs marins. On n'a jamais su.

Arnaldo, mon… père.

Quand le vieillard m'avait parlé de mythologie, il en avait volontairement omis une partie. Quand on meurt en mer, donc sans sépulture, on ne va nulle part. Ni aux Champs Élysées, ni au Tartare. On ne traverse simplement pas.

Dans ces moments-là, on ne pense pas à la nature. C'est beau, la nature. Et on ressent une absence de beauté. Pas de *il fait partie de la mer maintenant*, ou de *il ne fait qu'un avec la terre*. Non. Dans ces moments-là, on exprime un vœu de colère.

Qu'on assèche la mer entièrement. Que disparaissent tous ses habitants.

Que l'océan brûle dans les flammes. Qu'elles le nettoient de toutes ses âmes.

Que l'eau bouille et qu'elle s'évapore. Que tous les poissons connaissent la mort.

Puis, après la colère, la culpabilité. Toutes les émotions dans un mixeur stomacal. Le remords, le regret, la tristesse et le soulagement. De la glace rhum-raisin et du charbon ardent.

Des morceaux de gravier et des lambeaux de velours, à la centrifugeuse des sentiments.

Et dans tout ça, la plage est à la mer ce que le guet est au voleur. Un complice.

Elle nourrit les paresses, elle attise les flemmes.

En ce qui me concerne, c'est elle la vraie coupable.

Il y a des moments qui ne laissent pas place au doute. Depuis mon réveil, j'alterne constamment entre lucidité ferme et hallucinations bizarres. Sauf que je ne faisais pas la différence. Comment ai-je pu rater ça ? J'avais enterré cette réalité enfouie pour une raison que j'ignore, et elle vient de m'exploser au visage.

Pourtant je ne suis pas sous le choc. Je devrais être en miettes, en position fœtale à pleurer des larmes de crocodiles.

Malheureusement pour mon corps asséché et ma bouche, seule ma mémoire est rafraîchie, mais je ne suis pas tiré d'affaire. Les sables brûlants me dévorent toujours, maintenant jusqu'aux chevilles. Je m'enfonce. Lentement.

Virge est à côté de moi, impassible, il attend que je lui pose des questions.

« Nous sommes bien là où je pense ?

– Il n'y a que toi qui peux répondre.

– Pourtant j'aime cette île. Je l'ai toujours aimée, pourquoi ce serait ÇA, mes limbes personnels ?

– C'est la construction que tu en as faite. Pour certains c'est la montagne, pour d'autres la ville, c'est fini les cavernes remplies de lave, tu sais.

– Et ces gens. Tous ceux que j'ai croisés, ça veut dire qu'ils sont… eux aussi ?

– Non. Encore une fois, ta construction, ta vision, tes souvenirs.

– Et moi ?

– Tu veux savoir comment c'est arrivé.

– Oui. »

C'est ici. J'y suis déjà, dans mon dernier véhicule avant le néant. Je ne peux plus bouger. Puis des goélands, beaucoup de goélands. Plus je les regarde plus ils sont laids, difformes, sales et d'allure sauvage. Ils me dévorent de leur regard vitreux. Ce réceptacle est familier, mais si je ne me trompe pas, alors je n'y crois pas.

D'abord Roberto, puis Cinzia, Cosimo, Guido, Pina, Lucrezia. Ça fait six. Si je suis le septième, ça veut dire que… non, impossible. Pas moi. Pas ça.

Virge pose sa toute petite main sur ma jambe.

« Ta construction, Dario. Tu t'es créé cet univers pour traduire ton passage. Je t'ai dit, c'est différent pour tout le monde.

– Ça ne s'est pas passé comme ça.

– Plus tu luttes, plus tu vas souffrir. Crois-moi, je fais ça depuis la nuit des temps.

– Non non non, je te dis que je ne me suis pas tué. Je lui ai promis que je ne ferai jamais ça.

– C'est un fait Dario, tu t'es donné la mort et tu as choisi un scénario classique de voyage par cercles. Tu es maintenant dans le tien, tu es chez toi. »

Jamais. Mon corps endolori use de ses dernières forces pour extirper d'abord un pied, puis l'autre. Je fais fuir quelques-uns des monstres volants en faisant des moulinets avec mes bras.

« Qu'est-ce qui se passe si je lutte ? Tu vas me poursuivre ?

– Te poursuivre ? Oui. Mais je ne peux malheureusement pas te forcer à quoi que ce soit, étant donné l'apparence que tu as choisi de me donner. Par contre, je suis obligé de te dire que tu ne peux pas partir. Tu auras beau fuir, ta place est ici. »

C'est tout ce que je voulais savoir. Je m'extirpe entièrement du sol. La chaleur bouillante ne me dérange plus, je dois sortir du plan, lui échapper.

J'entame une course gauche et douloureuse dans le sable. Ma fuite trébuchante du déni me rappelle ma condition frêle à chaque chute, pour me narguer dans mon échappée qui n'a rien de sauvage. Elle est domestique, faiblarde et tout l'inverse d'épique, cette marche rapide ridicule. Comme dans un rêve fiévreux, les foulées sont des pas, les coups des caresses, les cris des murmures.

L'homme dont l'affliction orpheline le rattrape ne sait pas par où fuir. J'entends les remous des vagues et les rires des enfants, même si je suis seul. Je dois aller à un endroit où il ne me trouvera pas. Un endroit auquel je ne penserais jamais de mon vivant.

Le point le plus haut, l'église. Jamais je n'aurais foutu les pieds là-bas, je serai donc seul.

Je reprends la route de la plage à l'envers, en montée. Comme si le lieu voulait me faire comprendre que c'est un sens interdit, il tient à me rappeler tous mes supplices physiques. Le sol est rugueux et brûlant sous mes pieds nus, le filet de mon maillot m'irrite violemment l'entrecuisse et j'ai mal quand j'avale.

Mes pieds saignent et je laisse des traces derrière moi. Je me transforme graduellement en nouveau supplicié immonde du Tartare, subissant des châtiments corporels modernes pour expier la raison de ma présence ici.

C'est de pire en pire. Je me mets à délirer, désirant que mon chemin depuis ce matin soit une figure de style. Je rêve d'un palindrome, qui transformerait le bitume en mosaïques tièdes, mon maillot humide en maillot sec, et ma gorge irritée en palais encore humide.

Ô comme j'aimerais rembobiner jusqu'à mon réveil encore ignorant. Me balader innocent dans les ruelles agréables et oublier ce qui m'attend plus bas.

Surtout, ne pas descendre à la plage. Le noter quelque part. Ou alors écouter le gamin dès le début ? Y aller rapidement avant que la soif maladive ne prenne le dessus et rende mon existence minable ?

Continuer à marcher, ne pas s'arrêter.

Et vous, vous saviez ? Vous qui me suivez depuis ce matin comme un chœur omniscient, vous étiez au courant ? Et vous ne m'avez rien dit… Cela vous rend complices. J'imagine que ça doit beaucoup vous amuser de m'observer souffrir de là où vous êtes. D'un canapé, d'un lit, ou alors dans la plus parfaite ironie, d'une plage. Moi qui croyais que nous étions amis.

Mes hypothèses de stratagèmes délirants prennent fin, car j'atteins le sommet.

Je revois mes pas, de plus en plus rouges, puis je regarde mes pieds, qui ne sont qu'un lambeau de chair humide. Mes cuisses ont tant saigné dans les derniers dénivelés que mes jambes sont écarlates. Et voilà maintenant que je crache du sang après une toux sèche, qui vient consteller la paume de ma main de gouttelettes épaisses.

L'église est fermée, impossible d'y entrer, je frappe au portail comme si ma vie en dépendait. Personne. Pas une âme. Que comptais-je y faire de toute façon, confesser mes péchés ? N'est-il pas trop tard pour cela ? Évidemment.

La véritable raison de mon ascension n'est pas cette grande maison abandonnée. Je viens de frapper à la porte condamnée de quatre murs et d'un toit. Rien de plus.

La seule et unique raison se trouve derrière moi. Je suis monté pour redescendre. Simplement, pas par la même route.

Je monte sur le rebord et m'assieds. Et si Virge avait raison ? Si j'avais vraiment pris mon destin en main et abdiqué mon existence ? Je vais prendre ce même raccourci maintenant.

Je regarde derrière moi si Virge est apparu, sans espoir, mais j'avais bien raison. Personne ne me sait ici.

Je me dis que si c'est un rêve étrange, il s'arrêtera avec ma chute. Je me réveillerai à l'atterrissage avec un vague souvenir de ma journée. Puis, au bout de quelques heures, je l'aurai oubliée. Retour à la case départ. Un saut, et adieu le néant.

Une poussée, du vertige, la gravité, ma seconde abdication.

Réveillé par les *gling* des bouteilles. Quel son familier. Je suis dans ma chambre ? Et merde… Pas la peine de me pincer, je sais.

Les stries lumineuses sur mes pieds, qui sont en un seul morceau. Le début de cette désastreuse soif qui me paraît un plaisir en comparaison. Ces volets que j'ouvre lentement pour pénétrer dans le labyrinthe que j'ai moi-même créé. Une prison à ciel ouvert dans laquelle je vais répéter les mêmes errances.

Je cherche Virgilio immédiatement, et il est là où il se trouvait la première fois que je l'ai vu, adossé, crasseux et tête à claques.

« Je t'ai bien dit que tu ne pouvais pas partir. »

Je l'ignore, comme la première fois. Direction le *Cincotta*, Roberto doit savoir. Si j'ai construit ces limbes, c'est lui qui me dira où aller. Je manque me faire renverser au même angle de rue par le taxi d'Angela, et j'évite les enfants qui jouent. Tout est paramétré comme d'habitude, le script ne change pas.

Il me voit arriver et cherche déjà le prospectus pour la plage dans son tiroir.

« Tiens Dario, *mamma* m'a donné ça pour toi.

– Non merci Robbie.

– Tu veux savoir où est Cinzia ? Elle est au b…

– … Je veux que tu me dises comment sortir d'ici.

– Sor… tir ? De l'hôtel ? Par la même p…

– Tu sais très bien de quoi je parle. C'est moi qui t'ai donné ce rôle ici, tu dispatches les gens comme moi là où ils doivent aller, tu dois savoir comment on sort de cette île.

– Aucune idée Dario. Vraiment, moi je donne les destinations, c'est tout. »

J'hésite à le brusquer. J'ai envie de le cogner contre son bureau et de le menacer, mais quelque chose me dit que ce sera contre-productif.

Je fais demi-tour vers la sortie, pour me retrouver nez à nez avec Virge. Je l'évite et passe à côté de lui pour sortir de l'hôtel, déterminé à trouver des réponses.

Lucrezia, elle m'avait aidé la dernière fois. C'est elle qui m'a donné de l'eau, et son discours était différent des autres, elle m'aidera c'est certain.

Je sens l'omniprésence de Virge sur mon chemin, et perçois lourdement sa confusion. D'ordinaire, le guide, c'est lui. J'imagine sa frustration à me voir gambader partout sans suivre l'ordre établi. Chaque pavé que je foule à ma nouvelle cadence lui ôte un peu de son sourire narquois. Ma vitesse l'ennuie, et mon but le dérange. Pourtant il ne peut rien faire, comme un chiot qui ne comprend pas où est passée sa balle. La situation aurait été différente que je m'en serais amusé davantage, mais le torturé ici, c'est moi. Et le bourreau c'est lui, entre autres.

J'ignore la politique de la maison sur les raccourcis, mais celui-là est colossal. Car je suis déjà sur le parvis du *Raya*.

Lucrezia n'est pas là, une autre fille se tient à sa place.

« Salut.

– Salut.

– Tu sais où est Lucrezia ?

– Elle ne travaille pas aujourd'hui. Je te sers quelque chose ?

– Comment ça ? Elle est chez elle ?

– Aucune idée, je suis nouvelle ici. »

Ce n'est pas normal. Pourquoi le script a-t-il dévié ? Pourquoi elle en particulier ? Je m'installe au bar pour réfléchir. Je tourne la tête et vois Virge à côté de moi, qui peine à monter sur la chaise haute. Je l'y aide.

« Pourquoi ce n'est pas comme la dernière fois ? Pourquoi le scénario a changé ?

– Tu sais comment c'est les bars, difficile de garder le bon personnel.

– Qu'est-ce que vous avez fait de Lucrezia ?

– Elle t'a aidé. Et en le faisant, elle a désobéi aux ordres. Disons qu'elle a pris un congé anticipé. »

Merde. Il savait tout. Moi qui pensais avoir une longueur d'avance sur lui, c'est raté.

« Tu n'es pas censé te souvenir de tout ça, tu sais. Tu es censé chercher de l'eau, tâtonner, aller à la plage, perdre espoir, mourir et recommencer. Comme un gentil garçon. Mais ta copine t'a filé un coup de main qu'on n'avait pas prévu. »

L'eau. Le verre d'eau de Lucrezia, c'est à cause de ça que je me souviens ? Virge saute de son siège et m'invite à le suivre.

« Allez viens, tu as gagné.
– Gagné quoi ?
– Tu vas rencontrer la patronne. »

Quand la patronne vous invite à sa table, d'habitude c'est en fin de dîner. On termine la fournée de *spaghetti alle vongole* ou la *tagliata di pesce spada*, on siphonne les bonnes *Sassicaia* ouvertes, on se salit la chemise et on rit grassement. En arrivant devant le *Cincotta*, je comprends à qui je vais avoir affaire. C'est une ogresse bien bâtie qui impose non seulement des portions pantagruéliques à ses convives, mais surtout le respect. Celui du staff de l'hôtel, celui de l'île tout entière. Lina, c'est la mère de Roberto à l'accueil, et c'est un peu la marraine de tout le monde.

Je parlais tout à l'heure de société insulaire matriarcale, et c'est à elle que je pensais automatiquement.

Donc quand Lina Cincotta ordonne à quelqu'un de venir vous chercher, ce n'est pas pour avoir ensemble les doigts gras et salés, c'est pour discuter.

Au train où avançaient mes limbes construits, je me demandais qui allait être au-dessus dans la chaîne alimentaire de mon enfer personnel. Je ne fus qu'à moitié étonné.

Roberto était sorti de son terrier derrière son *desk* pour nous accueillir cette fois. Il est terrifié par sa mère. Il nous accompagne, livide, jusqu'à la terrasse, où nous attend Lina à une table.

Nous prenons place, avant que Roberto ne soit remercié, puis congédié. Virge avait déjà disparu lui aussi. En tête à tête avec mon diable, donc.

« Dario, l'homme qui se souvient.

– Lina. La femme qui tire les ficelles.

– Oh comme tu te trompes. C'est toi qui gères la boutique !

– Je n'ai pas choisi d'être ici.

– Ah oui, le *petit* malentendu dont m'a parlé Virgilio.

– Je veux juste comprendre, Lina.

– Moi je pense que tu as compris. C'est moi qui ai eu du mal à comprendre au début, pourquoi tu étais sorti de ton script. La raison pour laquelle on est en train d'avoir cette conversation, là, tous les deux. C'est un exercice intéressant, il y en a toujours un comme toi de temps en temps. Et quand ça arrive, je prends le temps d'expliquer et de répondre aux questions. Tu vois, je ne suis pas un monstre ! »

Je la regarde fixement, dans sa large robe à fleurs. C'est ça le mal absolu ?

« Comment c'est arrivé ?

– Ah. Le seul souvenir que personne ne garde en arrivant. C'est pourtant le plus frais dans votre mémoire, mystérieux hein ? Pourquoi vous avez tous cette curiosité morbide ? Ce qui est fait est fait, tu es là, c'est tout ce que tu dois savoir.

– Justement, je pense qu'il y a erreur.

– Écoute, je crois que tu n'as pas compris. Ce n'est pas le bureau des réclamations ici.

– Est-ce que tu peux juste vérifier ? »

Lina grogne et sort un carnet, qu'elle feuillette. Elle marmonne.

« C'est écrit rouge sur blanc, tu as bu. Beaucoup bu. Et tu n'arrivais toujours pas à dormir, tu as pris des Lexomil et voilà le travail. *Lexo on the rocks.* Un grand classique.

– Ça sonne accidentel.

– Mmm peut-être, peut-être pas. Qu'est-ce que je peux y faire moi ?

– Me renvoyer d'ici par exemple ?

– Dario. Même si je voulais te faire partir, je ne pourrais pas. Même moi.

– Pourquoi ?

– Pour une simple et glauque raison, c'est que ton corps est toujours dans ta chambre. »

Je commence à comprendre où elle veut en venir.

« Et tu te souviens de ce que tu m'as demandé avant de prendre tes quartiers ? Moi je m'en rappelle très bien, tu me fais le même cirque tous les ans. Je cite : "Je ne veux pas être dérangé, sous aucun prétexte. J'en ai pour quelques semaines, je veux qu'on me foute la paix." Fin de la citation.

– Ça veut dire q...

– ... Tant qu'on n'a pas trouvé ton corps, qu'on ne t'a pas enterré ou brûlé, tu es bloqué ici. Tu es à moi.

– Et je suis obligé de revivre ce cauchemar en mouvement perpétuel.

– Bingo. Donc tes petits essayages de mort, tes sauts dans le vide, tes nages en pleine mer jusqu'à épuisement, ça ne sert à rien. Tu reviendras toujours dans ta chambre, jusqu'à ce que tu acceptes ton châtiment, bien sûr. »

Ma peur est vraie. Elle est mélangée à une lassitude crasse qui est le fruit de mes expériences ratées. Tel un savant fou qui devient son propre cobaye, je suis pris à mon propre jeu.

Maintenant, que faire ? Avoir atteint ce niveau de lucidité si limpide me dessert complètement. Je viens de troquer un supplice ordonné pour une torture bien plus insidieuse. Je pourrais épouser la mort et continuer de l'embrasser tous les jours pour échapper à la punition qui m'est destinée. Je pourrais user de ma conscience profonde pour m'en amuser, vivre sans conséquences, enfermé mais oisif.

Mais à quoi bon.

« Sinon, il y a autre chose que je peux faire pour toi. Je ne peux pas te faire revenir, mais je peux défaire ce qui a été fait. Je peux te faire oublier de nouveau, si tu le souhaites. »

Si le choix est l'ennemi juré de la décision, cette pitié apparente n'est que le faux nez d'une cruauté vicieuse. Mon Lucifer mou montre enfin ses cornes à peine limées. C'est elle qui a raison, finalement. Elle a planté les crochets dans ma peau, mais c'est moi qui tire les ficelles pour me mouvoir.

Prendrais-je le risque d'un jour accepter mon sort par faiblesse ? De rompre la promesse faite à mon père ? Le retour à l'ignorance me paraît doux, mais il me reste encore une possibilité.

« Non. Je veux changer de cercle.

– Changer ? Ça pour une première ! Tu sais que le principe c'est que toutes les souffrances se valent ici ?

– Je sais. Et tu sais très bien duquel je parle.

– Je vois. Je vois très bien. »

Lina réfléchit. Elle tente de comprendre s'il y a une astuce, un truc. Elle sent que quelque chose lui échappe, mais elle ignore ce que c'est. Pourquoi vouloir aller dans le pire des cercles à ses yeux, celui dont son trône est le plus proche. Le réceptacle le plus pratique pour son sadisme.

« C'est d'accord. Après tout, tu l'as mérité. »

Par cet échange, je deviens plus dangereux. Je m'autoproclame pire que je ne le suis vraiment. En posant ce bonnet d'âne neuf sur mon crâne, je me repens et je m'accable d'un acte bien plus grave que celui d'avoir abandonné la vie par ma main. Je confesse un crime honteux, le plus répréhensible de tous : la trahison.

Par ma volonté, je détruis les croyances les plus ancrées. Je déçois les bons et amuse les méchants. D'un geste, j'ébranle les fondations les plus solides, je provoque la ruine. Je deviens un émissaire du chaos, énième sbire du désespoir. Je deviens l'indésirable, je bloque les rouages avec un grain de sable. Mon visage se fend en deux, mes expressions se voilent. J'efface les frontières du malin et de l'astucieux. J'accepte les paiements en espèces et en carte bleue. Mon armoirie est une rose des vents, je suis le plus chaud et le plus offrant.

Ne m'écoutez plus, car j'aime les métaux précieux et ma langue en est ainsi faite. Fuyez mes paroles, car pour moi les joies sont des malheurs. Les massacres, des fêtes.

Ne me tournez plus le dos. Je n'y verrai nulle insulte mais y planterai pourtant mon couteau.

Criez-le dans tous les cercles. Qu'en plus de la douleur règne la méfiance, car enfin Dario reconnaît ses offenses.

Lina m'emmène vers le rebord. Elle me montre du doigt le large bateau d'eau, ancré au loin. Il est enfin arrivé. Mon dernier véhicule. Celui dont l'absence a tourmenté tant de mes cycles ici-bas. Le géant des mers est enrobé de mauvais augure, c'est ma destination finale.

Le neuvième cercle. Pour m'y rendre, je dois louer un bateau. Je serre dans mon poing les billets que m'a donnés Lina pour financer le rafiot. Ce n'est pas un acte de gentillesse, mais une formalité. Stefano, l'infâme armateur du port, fier de son humble flotte trafiquée, est aussi un arnaqueur de première. C'est donc en prévision des négociations que cet argent servira à éviter que je ne m'écarte de mon nouvel itinéraire punitif. Je vais devoir surpayer, en somme.

Je repasse devant le magasin de Pina, avant le massacre. Je souris devant la tranquillité de la foule, que je sais maintenant temporaire, me pressant pour ne pas revivre le désastre de nouveau. L'antre de Stefano est juste en dessous, après quelques marches tortueuses.

Il est là, le huileux loueur dégoulinant. On le sent avant de le voir. Il dégage deux substances de son corps affable et en apparence serviable. Une sueur âcre et salée, et un flot de compliments intéressés. L'une de ces substances sent très mauvais, alors que l'autre jaunit les aisselles.

Il a le nez dans un moteur Yamaha 80, affairé. En me voyant, il marche vers moi comme si j'étais le messie. Il écarte ses bras courts et laisse apparaître ses auréoles, si grandes qu'il en serait presque sanctifié. Le saint patron de la flagornerie, l'apôtre de la fourberie luisante.

« Mon ami, qu'est-ce que je peux faire pour toi ?

– J'ai besoin d'une de tes épaves.

– Les épaves les plus rapides des Éoliennes. Et avec ça, pas besoin du souffle du gros Éole pour avancer, dit-il en tapotant le moteur.

– J'en aurai pour une heure environ.
– Tu connais mes prix. »

Virgilio est évidemment près de moi. Il veille. Je tends la liasse entière à Stefano. Tout ce dont j'ai besoin, c'est de puissance. Connaissant l'animal, les apparences sont trompeuses. Pour choisir la bonne vedette, celle qui en aura sous le capot et qui tiendra la route, il y a une astuce. La clef, c'est la peinture craquelée, les coussins sales et beaucoup de scotch sur le moteur. C'est sa technique à lui pour louer cher les mauvais et moins cher les rapides. Je lui ai donné plus que le tarif normal, et il le sait. Il ne bronche pas. Je dois dire que c'est une belle invention pour punir la vanité. C'est une ruse assez rudimentaire qui fonctionne bien avec les touristes, mais pas avec moi. Pas aujourd'hui.

Aujourd'hui, je veux en finir. Je patauge dans les flaques moirées de son essence frelatée, celle qui débouche bien les narines. Je lui trouve du charme, tout compte fait, à son royaume. L'odeur du gasoil masque bien celle du ressac et des ordures jonchant les rigoles. Finalement, c'est un roi affairé, Stefano. Il n'essaie pas d'être quelqu'un d'autre. Un règne fondé sur la tromperie, un trône fait de barils vides. Il est tout bonnement magnifique.

Nous montons à bord avec Virge. Tout va être beaucoup plus simple, maintenant. Saisir le manche du moteur. Accélérer. Naviguer sur le chemin du traître. Embarquer sur le *Caronte*. Purger ma nouvelle peine aménagée rien que pour moi. Accepter. Prendre part au néant que je mérite.

Je suis pris de pensées morbides. Qu'adviendra-t-il de mon corps ? Va-t-il pourrir ? Pourrit-il déjà ? Depuis combien de temps suis-je parti ? Quelle odeur a ma chambre ? On dit que les morts se font dessus, suis-je souillé ? Je plains la femme de chambre qui me trouvera. Un jour, quand pour Lina ça fera trop longtemps. Qu'elle violera notre pacte, qu'elle enverra quelqu'un beaucoup trop tard.

Et j'y pense, à quel cycle en suis-je ? Est-ce le deuxième ? Dixième ? Centième ? J'étais jusqu'alors coincé dans ce mouvement perpétuel, mais depuis quand ? À chaque retour à ma chambre, je revêtais mon ignorance fraîche. Pourquoi n'ai-je jamais bu auparavant, Lucrezia a-t-elle finalement eu pitié de moi après tant de passages ?

Au gré des nœuds, l'imposante proue du *Caronte* s'élargit. Le paysage change. Le ciel s'assombrit, les ondes s'enroulent. La large coque de métal rouillé s'apprête à me dévorer comme la gueule d'un monstre marin. Ma paume fourmille autour du manche, que je resserre pour fendre les vagues à l'agressivité montante. La mer n'est plus bleue, c'est une nappe de pétrole qui embrasse désormais l'éther d'encre au-dessus de nos têtes. Le hideux mariage des deux amants nocturnes finit d'effacer l'horizon et s'empresse de masquer ma route. Une nuit si féroce et soudaine que même la lune se voit engloutie dans son appétit vorace. Oublions aussi les étoiles, pas un astre ne luit ici-bas pour faire taire les ténèbres du dernier cercle.

Le bateau citerne n'est plus qu'une ombre pointue et immense, dans laquelle je dois me lover pour aborder mon ultime voyage.

Nous sommes à la moitié du navire, je relâche le manche. Deux vieilles Led illuminent tant bien que mal l'échelle rouillée pour y monter. Mais je ne bouge pas. Tout ce que j'attends, c'est un signal. Ça va aller très vite, alors je ne dois pas le rater. Virge reste sur le bateau, il doit se demander ce que je suis en train de foutre.

Soudain, au loin, le Stromboli érupte son petit crachin de lave habituel. Comme tous les soirs. C'est assez subtil, car il crache une fumée épaisse, mais je l'ai vu. J'ai mon point d'horizon, c'est parti.

Mon poignet violente le manche du moteur, à tel point que je me blesse à la paume et m'irrite la peau. Puissance maximum, on va voir si j'avais bien raison sur la stratégie de Stefano. Nous cassons immédiatement les vagues vers le volcan. Virge s'accroche comme il peut au rebord avec ses bras frêles. Il ne sait pas. Lina ne sait pas non plus. Et plus important encore, vous ne savez pas.

Vous pensiez une seule seconde que j'allais vous confier ma vraie manœuvre ? Vous qui saviez depuis le début ce que je pensais. Vous lisiez dans ma tête, et vous vous êtes bien gardés de me dire ce qui se passait vraiment. Je ne pouvais pas vous faire confiance. Si je vous l'avais dit, Virgilio l'aurait su aussi, et Lina.

Vous pensiez vraiment que j'allais accepter un sort qui n'est pas le mien ? Je ne mentais pas tout à l'heure quand je disais que ma place n'est pas ici.

La coulée sur le bord du Stromboli est la seule lueur visible à des lieues à la ronde, je n'ai qu'à la suivre et la garder à bâbord pendant vingt minutes, puis derrière moi.

En me touchant, plus tôt, Virge m'avait rappelé ce jour où j'ai perdu foi en la plage. Ce jour de l'année des méduses. Je me suis alors souvenu d'un autre mythe que celui du vieillard. Une légende locale, plus ancienne. Les méduses, il y en a plusieurs sortes. Plus particulièrement, il y en a une qui flotte sous les Éoliennes. Entre le Stromboli et le détroit de Messine, plus exactement. Les rumeurs des pêcheurs de l'Antiquité rapportent des dimensions extraordinaires, une centaine de mètres de diamètre.

C'est elle que je cherche. Ce sont mes limbes, ma construction, mon esprit. J'ai cru à cette légende depuis mon enfance. Qu'elle s'avère ou non dans le monde des vivants, elle sera là, dans l'eau, ici. Une large masse gélatineuse, lente et mortelle, mon seul portail pour espérer sortir. J'ignore moi-même comment tout cela fonctionnera. Mais ça fonctionnera.

Nous approchons progressivement. Le point lumineux que je voyais à peine tout à l'heure s'épaissit. La coulée avance, le magma ardent brille de plus en plus. La mer s'arme d'ondes plus puissantes, elle s'agite, comme Virgilio, agrippé à une bouée sur le côté du bateau.

C'est bientôt la fin. Notre minuscule voyage quelque peu homérique s'achèvera moins sauvagement que pour l'équipage d'Ulysse. Ici, pas de roches monstrueuses, pas de mal éternel invulnérable. Pas de fléau immonde brisant, avalant et vomissant les vivants. Nous entrons dans la grande conjonction des sphères mythologiques, celle où les écrits se mêlent et les légendes se créent. Un large triangle de mer, où les navires se brisent, les marins se perdent, et les traîtres se repentent.

Berceau des peurs marines, peut-être aussi celui du salut de l'âme égarée.

C'est le paradoxe dans toute sa splendeur. Ici, les vivants meurent anonymes, sont dépouillés de leur air et de leurs droits. Et c'est ici qu'un mort va peut-être enfin respirer pour la première fois.

Pendant que Virge digère son impuissance et le danger, j'affirme ma folie en poupe. J'emmène mon guide et mon bourreau droit au naufrage, un rictus fabuleux aux lèvres. Derrière moi, l'ombre du capitaine Achab à bord du *Pequod.* Je pars en chasse, moi aussi. Sans même une once de peur illusoire de ma mortalité imminente, je poursuis l'invisible à travers les flots furieux d'un enfer de ma création. Il n'y aura pas de forfait, cette fois. Je ne quitterai pas le navire, ni littéralement, ni métaphoriquement. Comme pour mon itinéraire, j'attends un signe.

Et comme par ma volonté, je l'ai manifesté. Il est là. Elle est là. Comme le phare de mon restant d'existence, m'indiquant où lancer mon ancre. À défaut d'avoir un harpon dentu, pour la ramener à moi, je vais aller la chercher à mains nues. Une large soucoupe phosphorescente, comme un reflet de lune, alors qu'elle ne brille pas. Un reflet sans sa source, vivant, errant sans but, jusqu'à aujourd'hui. Aujourd'hui, elle existe pour moi et moi seul. Elle se donne à mon désespoir.

En me voyant ralentir, Virge brise son silence.

« Qu'est-ce que tu fais ?

– Je dois y aller, je dois aller voir.

– Voir quoi ? C'est l'abysse en dessous, tu ne verras rien. C'est noir et froid. Tu seras tout seul. Il n'y a rien. Juste un grand rien. »

Je ne réponds rien.

« Tu vas me laisser tout seul ici ? »

La voix de Virge semble faiblir.

« Tu ne vas pas me laisser seul ici, pas vrai ? »

Mon guide emprunte enfin la personnalité de son apparence. Sa redondance enfantine et ses reniflements, ses larmes d'enfant perdu, presque non crocodiliennes. Pourquoi imiter la peur ? À moins qu'elle soit authentique. Se pourrait-il qu'en inversant les rôles, en l'amenant jusqu'ici, cela soit la fin pour lui ? Je ne connais ni sa nature ni son fonctionnement. Tant pis pour lui.

L'immonde petit salaud peut crever en mer. De soif, de faim, de déshydratation. Voilà, le châtiment parfait.

Je m'assieds sur le rebord du bateau en position d'abdication. Les deux bras bandés, prêts à me propulser dans l'abysse. Comme cela est familier. J'ai le sentiment de l'avoir fait mille fois.

« *Hey*, blondin, merci pour rien. »

Plus rien. Le vide, une symphonie, une vibration, un souffle tiède, puis la glace. Je pénètre un inconnu immaculé, celui dont aucune rumeur n'enfle les attentes, dont aucune légende ne vante la beauté, dont aucun mythe ne prévient du danger. Puis-je respirer ? Est-ce que je coule ? Je suis en suspension hors des cercles. Glissé dans une faille absente de toutes les cartes, des morts comme des vivants. Là tout de suite, je ne suis ni l'un ni l'autre.

C'est juste elle et moi. Je lui fais face. Un fantôme aux allures paternelles. Je sens des vibrations qui émanent de sa masse. Je perçois des couleurs dans une forêt de tentacules nacrés, immenses. Chacun d'entre eux est plus large que mon corps tout entier.

Une colossale machine à absorber l'espoir. Dévorer les volontés. D'ailleurs, ne vient-elle pas de se repaître de la mienne ? C'est une forme simple et harmonieuse. Renfermant pourtant des mécanismes complexes en son sein, mais sans les dissimuler par quelque subterfuge naturel. Après tout, elle laisse tout transparaître. Elle n'a rien à cacher, elle n'a pas d'agenda secret. Elle dévoile ses armes de loin, tant elle a confiance en le courant qui nous amène devant elle. C'est une danse électrique et macabre, qui arrête les horloges. Car le temps aussi, elle l'a dévoré. Elle le contrôle. Elle pétrifie les aiguilles et les hommes, avec son formidable pouvoir. Et après avoir attiré ses proies comme une sirène silencieuse, elle les abandonne dans le Léthé profond.

Comme elle est étonnante. Comme elle est discrète. Comme elle est cruelle. La titanesque héritière de la gorgone.

C'est donc ça, le portail. L'autel de ma dernière prière sans croyance. La stèle molle de ma repentance. Je ne lui parle pas, ça je ne sais pas comment lui demander. Si, lorsque j'ai jeté le dernier cachet dans ma gorge, je savais. Si elle sait où est mon père. Est-il devant moi ? La mer l'a consommé. Il s'est dissous. Reste-t-il quelque chose de lui dans cette créature ? Ou alors est-il partout ?

Si Lina a bien voulu me transférer dans le dernier cercle, c'est que j'en avais la trempe. Est-ce bien à cause de ma nonchalance qu'il est parti ? Ai-je une place à mon nom à bord du *Caronte* ? Aux côtés de Judas, Cassius et Brutus ?

Un large tentacule se tend vers moi, s'arrête à un mètre de mon corps. Les ténèbres sous-marines s'allument. Que dois-je y voir ? Un miroir.

(...)

J'accepte. Comme Caravage, de mêler
le clair à l'obscur.
De répandre ma tristesse dans la vaste
mer sans cœur,
D'inutiles larmes d'argent, sans éclat,
dans la noirceur.

Mon cœur, ne battez plus, puisque vous
êtes mort,
Même si ma bataille semble encore à
venir,
Vous avez fourni votre plus bel effort.

Entendez-moi, ô père, parsemé dans les
fonds.

Que les bras de Neptune vous accueillent
en leur sein,
Que la mer et votre âme ne fassent alors
plus qu'un.

Comme je voudrais crier dans l'onde
muette,
Sortir un son audible que par vous,
Puis noyer mes poumons, me livrer à
la bête.

Par son reflet m'aveugler, contempler
mon souhait.
Revenir en ce jour, peu avant votre
départ,
M'inquiéter davantage, vous chercher
du regard.

Car même si ces yeux me dupent,
embués par le sel,
Devant telle créature, sublime fantôme
de nacre,

Rien ne m'y trompera, je vous y vois,
éternel.

Alors, si par quelque vain caprice,
Dans votre ultime nef molle et marine,
Vous laissiez transparaître un indice,
De votre conscience sous cette patine,
Toujours vous trouveriez, dans cette
géôle saline,
Les blanches braises encore ardentes du
remords d'un fils.

Enlacez-moi de vos longs bras maigres
et froids,
Ouvrez béant votre vaisseau, happez-y-
moi,
Car c'est invité dans votre funeste flux,
Que j'y mirerai ma dense peine révolue.

(...)

Una mattina ordinaria

Un matin ordinaire

Le souffle court, j'émerge. Je scanne ma chambre. Je trébuche sur les bouteilles vides en me levant. Elles font un *bling* qui achève ce qui me restait de sommeil. Ma bouche est pâteuse et sèche, j'ai besoin d'eau. Rien à portée de main. Minibar fouillé, dessous de lit inspecté. Merde, je vais devoir sortir.

Je m'étire un grand coup, m'habille en vitesse et ouvre mes volets. Pas de temps à perdre.

Je marche lentement sur les tuiles tièdes pour descendre. Je ne croise personne, étrange, un week-end en plein été. Le magasin de Filippo est fermé, merde. Essayons le *Cincotta*. Roberto fait sa sieste derrière le *desk*, dure journée on dirait. Le bar n'est pas loin, Cinzia me servira une bonne Messina tout droit sortie du frigo, et l'affaire est dans le sac.

« Ciao Cicci !

– Ciao Dario, bien dormi ?

– Comme un bébé, mais j'ai une gueule de bois de l'enfer. Tu me sers une bière s'il te plaît ?

– Tout de suite ! »

Je m'accoude au bar et regarde le Stromboli au loin. Il est sage. Une grande inspiration, suivie d'un fredonnement de gorge, puis le bruit de la capsule de la bouteille qui saute. Pas désagréable pour l'instant, cette matinée.

L'ultime gorgée de bière a tapissé mon œsophage et terrassé ma soif. C'est une bière moyenne qu'il me fallait. Une bière de soif. Celle qu'on ne boit pas pour le goût et la quête prétendument épicurienne du houblon parfait. Celle qu'on ne prend pas le soin de verser en pinte pour l'esthétisme mousseux. Ou pour libérer les arômes. D'ailleurs, on la boit goulot tête en bas, on verse à la verticale au fond de la gorge. Pour désacraliser l'acte davantage, on fait même tournoyer la bouteille pour créer un vortex, ce tourbillon peu gracieux qui facilite l'écoulement ambré. Objectif consommation, surtout ne pas prendre de plaisir. Quand on a soif, une bière c'est une bière. Brassée par les moines ou par les hipsters danois, la sensation première brille par l'absence de sensation secondaire. Pas d'arrière-goût, pas de notes fruitées ou amères. C'est en cela qu'elle est magnifique, car, dans ma situation, on préférerait l'eau.

L'eau c'est bien. Toujours. Mais il est d'une force rare que de sublimer le médiocre d'un geste aussi simple. Transcender l'existence assumée d'un liquide pas terrible en un sacrement plus pieux que l'eucharistie.

Une bière, c'est le fond mais aussi la forme. Il y a le tangible, la matière. Le verre industriel humide et froid, le givre qui picote gentiment la paume. Il fait chaud, la différence de température entre la bouteille et l'air est de plus de trente degrés. Ce n'est donc plus un contenant mais un réceptacle. Rempli non plus d'un breuvage peu alcoolisé mais d'un influenceur météo-anatomique.

En bref, une parabole aux propriétés vertigineuses.

Un miracle aux allures christiques, fermenté dans une large cuve païenne en acier allemand.

À peine sorti, je deviens presque la victime piétonne de la conduite sportive d'Angela en voiturette. Elle me propose de me déposer à la plage. C'est vrai que la route est longue, et le soleil haut. Va pour le taxi. Je me mets toujours à l'envers sur le sien, pour profiter de la vue, mais surtout pour ne pas témoigner de son amour du risque au volant. Et puis au moins, quand elle pile, ça me colle au dossier plutôt que de me défenestrer.

Zimmari est assez déserte ce matin, on dirait. Pas de parasols, pas de cris de gamins apeurés, pas d'éclaboussures. Quelle bonne idée d'y descendre si tôt.

Pas de traces, le chemin fraîchement vierge de tout passage. Les matelas souples ont repris leur forme, ils sont raides. Le sable, pas encore des braises. Je me laisse caresser par le fin ressac du matin, j'accepte les grains collés à mes pieds.

D'un geste maladroit mais d'intention majestueuse, j'ôte ma chemise, la laisse choir sur mes pas. Un zéphyr d'une tiédeur maternelle l'y accompagne.

J'érige mon dos comme un soldat, épaules en arrière, torse bombé et yeux clos. Ne pensant qu'aux doigts salés du vent qui viennent ébouriffer ma barbe. Lentement, je m'immerge. Aux chevilles je me mouille, au genou je me trempe. Au torse je me répands, jusqu'au cou je me perds. Pourtant, ce sentiment m'habite. Nous nous connaissons bien, elle et moi. Pourtant, ne la détesté-je pas ? Pourquoi cette sensation ? Pourtant elle m'a trahi. Ou alors est-ce moi ? Et pourtant.

Vous qui me regardez le menton baigné, perplexes. Vous semblez savoir. Savoir pourquoi mon néant ne me nargue plus. Pourquoi l'épais scrupule qui accablait mon thorax s'en est allé. Pourquoi cette salinité marine aux recoins de mes lèvres est teintée de délivrance. Pourquoi ce manteau d'eau m'allège plutôt que d'alourdir ma peine. Que s'est-il passé pendant mon absence ?

En regardant la surface, je me rends compte d'une chose. Les reflets du soleil n'en sont pas. Ils sont autant de diamants que de morts disparus en mer. Pour eux, la mer est une flamme. Tandis que le feu des bûchers incinère les corps, sa flamme bleue, quant à elle, lèche leurs restes, les mordille, les dévore, comprime leurs cendres dans sa gueule puis les recrache comme des joyaux marins. C'est l'héritage des défunts. Une veste étincelante de chez Swarovski. Elle s'en habille volontiers dès que le soleil brille pour raviver leur mémoire, et c'est dans ce reliquaire que je m'en vais faire quelques brasses.

Puis entre deux courants, une petite méduse violette. Une de celles qui font mal. Elle se laisse flotter, fragile et venimeuse. Une fois à portée de mes doigts, je lui tends l'index.

Car elle et moi, on se connaît. Sujette de la reine à qui j'ai confié mon sort, la petite ouvrière vient me saluer en ce jour si ordinaire.

« Aussi bien qu'un tombeau,
c'est un lit de parade.
C'est un trône, un autel,
un buffet, une estrade ;
C'est tout ce que l'on veut
selon ce qu'on y voit. »

Théophile Gautier,
La Comédie de la mort

COMPOSITION ET MISE EN PAGES
NORD COMPO À VILLENEUVE-D'ASCQ

CET OUVRAGE A ÉTÉ ACHEVÉ D'IMPRIMER
SUR ROTO-PAGE
PAR L'IMPRIMERIE FLOCH À MAYENNE
EN DÉCEMBRE 2023

N° d'impression : 103674
Dépôt légal : janvier 2024
Imprimé en France